W0274860

martine

et les lapins du jardin

d'après les albums de Gilbert Delahaye et Marcel Marlier

casterman

Martine est en vacances chez Papy et Mamy. Quand elle se lève, Mamy s'affaire déjà dans la cuisine.

– Bonjour Martine, avant de prendre le petit-déjeuner, pourrais-tu aller me cueillir une salade ?

Martine adore le jardin
de ses grands-parents.
L'été, il regorge de légumes,
de fruits et de fleurs.
Mais aujourd'hui, il y a
quelque chose
d'étrange...

– Oh ! s'écrie Martine.

Le jardin est dévasté,

et toutes les fleurs sont

piétinées !

– Qui a bien pu faire cela ? se demande Martine. Un chat ? Un chien ? Les oiseaux ?
– En tout cas, Papy va être en colère, dit Mamy en posant les couverts.

En fin d'après-midi,
Martine se hisse dans
son hamac et s'endort
en feuilletant un livre.
Soudain, elle sursaute !
Il fait presque nuit.
Quelque chose s'agite
autour d'elle.
– **Oh !** Des lapins,
s'écrie-t-elle.

– Papy, viens vite ! appelle Martine. Il y a des lapins plein le verger.
Mais le temps d'allumer la lanterne, tous ont disparu.
– Maudites bestioles ! ronchonne Papy. Il faut les ramener au bois.

– Comment faire ?
demande Martine.
– Nicolas, le fils du
fermier, a un élevage
de furets, dit Papy.
Ces animaux délogent
les lapins de leurs terriers.

Le lendemain, Nicolas accueille Martine joyeusement.

– Je te présente Finaud !
N'aie pas peur,
il ne mord pas.

Mais fais quand même attention, il a des dents comme des aiguilles.

– Hé, comme il est drôle,
il se faufile partout.
– Il aime jouer à cache-cache.
Je vous l'amènerai demain
avec le matériel, promet
Nicolas.

– Pourquoi ces filets ?
s'étonne Martine.
– Les lapins creusent
des galeries en laissant

une entrée et une sortie, explique Nicolas. Si on bouche tous les trous sauf deux ou trois, on pourra les capturer.

Nicolas introduit Finaud dans la galerie. Quel remue-ménage, là-dedans.

– Voilà, ils sortent ! s'écrie Martine.

Deux jours plus tard,
tout est terminé.
On enferme les derniers
lapins dans des cages.

– Maintenant, nous allons
vous ramener dans les bois,
dit Martine. Vous y serez
plus heureux... et Papy aussi !

Martine

et Finaud sont

devenus d'excellents amis.

« Tu peux le garder quelques jours, a dit Nicolas. Surtout ne le laisse pas s'échapper ».

Mais Finaud furète partout.

Il déloge les souris du cellier.

Il se glisse dans un vieux poêle à bois. **Pouff... !** Martine prend toute la suie sur la figure.

On peut suivre Finaud à la trace. Partout... partout !

Ouh là là !

– D'où sortez-vous tous les deux ? demande Mamy. Vous êtes tout noirs !

Un peu d'eau, du savon,

et...

au bain

le furet !

– À ton tour, Martine,
dans l'eau !
Mais Nicolas arrive
à ce moment.

Martine décide de se cacher.

Vite, l'épouvantail !

Mamy joue le jeu :

– Martine viendra te remercier tout à l'heure, Nicolas.

– Il est drôle, votre bonhomme de paille, dit Nicolas en s'en allant.

Une fois seules,
Mamy et
Martine
se mettent à
rire aux éclats.

– On la prend cette douche ?

Titres disponibles

1. **martine** petit rat de l'opéra
2. **martine** un trésor de poney
3. **martine** apprend à nager
4. **martine** un mercredi formidable
5. **martine** la nouvelle élève
6. **martine** a perdu son chien
7. **martine** à la montagne
8. **martine** fait du théâtre
9. **martine** et la sorcière
10. **martine** en classe de découverte
11. **martine** se dispute
12. **martine** déménage
13. **martine** et le cadeau d'anniversaire
14. **martine** monte à cheval
15. **martine** la nuit de noël
16. **martine** est malade
17. **martine** fait les courses
18. **martine** drôle de chien
19. **martine** et les lapins du jardin
20. **martine** en bateau
21. **martine** à la mer
22. **martine** et les fantômes
23. **martine** au pays des contes
24. **martine**, princesses et chevaliers
25. **martine** à la maison
26. **martine** et les chatons
27. **martine** à la fête foraine
28. **martine**, l'arche des animaux
29. **martine** garde son petit frère
30. **martine**, la leçon de dessin
31. **martine** et le petit âne
32. **martine** fait du vélo
33. **martine** dans la forêt
34. **martine** et les marmitons
35. **martine** au cirque
36. **martine** en voyage
37. **martine** la surprise
38. **martine** baby-sitter
39. **martine** fait du camping
40. **martine** et son ami le moineau
41. **martine** se déguise
42. **martine** protège la nature
43. **martine** fait de la musique
44. **martine** prend le train
45. **martine** en vacances
46. **martine** en montgolfière
47. **martine** au zoo
48. **martine** et le prince mystérieux
49. **martine** en avion
50. **martine** fête maman
51. **martine** à la ferme
52. **martine** et les quatre saisons
53. **martine**, vive la rentrée !
54. **martine** fait la cuisine
55. **martine** au parc
56. **martine** fait de la voile